TAN SÓLO UN PROYECTO ESCOLAR

POR MERCER MAYER

Una rama de HarperCollins*Publishers*

HarperCollins®, ®, HarperFestival® y Rayo® son marcas registradas de HarperCollins Publishers.

Para recibir información, diríjase a: HarperCollins Children's Books, 1350 Avenue of the Americas, New York, NY 10019.

www.harpercollinschildrens.com

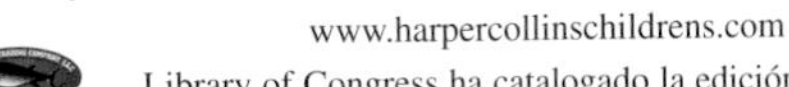
Library of Congress ha catalogado la edición en inglés.

A Big Tuna Trading Company, LLC / J.R. Sansevere Book

❖

La edición original en inglés de este libro fue publicada por HarperCollins Publishers en 2004.

SCIENCE
FAIR
HELPING
HANDS AND PAWS
WASH BOARDS
Gabby
CLOSE WINDOWS
Tiger
EMPTY TRASH
Molly
CLAP ERASERS
Bat Child
PENCIL SHARPENER
Gator
FEED HAMSTER
Little Critter

Íbamos a tener una feria de ciencias en la escuela. La maestra Kitty nos dijo que cada uno tenía que hacer un proyecto especial.

Tiger iba a hacer su proyecto sobre las rocas.

Coco iba a hacer el suyo sobre las estrellas.

Gabby iba a hacer el suyo sobre los caballos.

Todos ya sabían qué hacer, menos yo.

Le dije a mamá que necesitaba un tema para mi proyecto, así que me llevó a la biblioteca.

La bibliotecaria me mostró la sección de ciencias. Había muchísimos libros y se me ocurrieron muchísimas ideas.

Primero construí un cohete espacial. Pero aunque hice muchos intentos, no pude volar a la luna.

Luego, decidí buscar huesos de dinosaurio. Cavé muchos hoyos, pero el único hueso que encontré fue el que mi perro usa para jugar.

Después, ya era hora de comer. Y allí, muy cerca de mi sándwich, había una oruga.

— ¡Mamá, papá! —grité—. ¡Ya sé sobre qué voy a hacer mi proyecto: las orugas!

Papá me ayudó a investigar sobre las orugas. ¿Sabías que una oruga es un huevo al nacer? Cuando sale del cascarón, come hojas y flores todo el día y toda la noche.

Así que salí a buscar orugas.

Fue muy difícil encontrarlas.

Las puse en una caja especial con hojas y flores para que tuvieran qué comer.

Papá y yo fuimos a comprar cartulina, marcadores y pegamento. Se necesitan muchas cosas para hacer un proyecto.

Escribí mi reporte en la cartulina, pero hice las letras muy grandes. Papá tuvo que volver a salir a comprar más cartulina.

Luego, hice unos dibujos de orugas y los pegué en mi reporte, ¡pero el pegamento estaba demasiado pegajoso!

¿Sabías que cuando las orugas crecen abren su piel por la espalda y salen de ella arrastrándose con piel nueva?

VOTE
OSCAR
FOR
CLAS
PULL
IN CASE OF FIRE
SCIENCE
FAIR
CATERPILLA

Una semana después empezó la feria de ciencias. Todos llevaron sus proyectos.

Yo coloqué mi cartulina en su lugar...

… y abrí la caja donde tenía las orugas.
¿Y sabes qué?

¡Salieron volando muchísimas mariposas! Esto pasó porque las orugas se convierten en mariposas cuando crecen. ¡Fue el mejor proyecto de ciencias!